いつも笑顔で「こんにちは」

上野 明子
Akiko Ueno

文芸社

いつも笑顔で「こんにちは」目次

第一章

巡る思い出

喜寿を迎えて～両親に感謝を～

ある日「チャイム」が鳴りましたので門まで出ますと、班長様が立っておられました。

私が「こんにちは、毎度お世話様でございます」と挨拶をしますと、「上野様、喜寿おめでとうございます。これは自治会からお預かりしてきました。どうぞお受け取りくださいませ」と言って、包みを渡してくださいました。

私は「嬉しいですが、また一つ年が増えました」と言いますと、「上野さんは頑張っておられますや。これからも身体に気を付けてお励みください」と丁寧なお言葉をいただきました。

「私は勝手ばかりしていますが、息子がお世話になりますので、よろしくお願いいたします」と言ってお別れしました。

封を開けますと、「スーパーの商品券」と「幼稚園児の手形とメッセージ」が添えられて、「えがおと、げんきでながいきしてね」と書いてありました。

また、封筒には「可愛い動物のシール」が貼ってありました。大切に残しておこうと思います。つつじが丘に住み、幼稚園児からの心のこもったお祝いのメッセージをいただき、私にとって「宝」のようで嬉しいです。ありがとう。

思い出すのは、父が喜寿を迎え、実家へお祝いに行った時のことです。お祝いをしに来てくださった親戚の方々と嬉しそうに、父は話をしておりました。私がもう、その年になったのかと思うと、よく、この年まで元気で生きられたものだと、我ながら感心しています。それとともに両親が今日まで守ってくれていると思うと、涙が出そうになります。まだこれから頑張ろうと気持ちを新たにし、日々を送りたいと思います。

午前九時三十分頃、門まで出ますと、ある男性が通りかかり、「『ふれあい』に乗られるのですか？」と聞いてきました。「ふれあい」とは、「福祉バスふれあい号」のこと。市内の老人福祉センターへのバスです。
「いいえ、私は市民センターまで行きます」
「では、お気を付けて」と言って別れました。

私の本を前に読んでくださった方は、「また、おじゃまる広場（子育てボランティア）か」と思われるかもしれませんが、今日は大阪府茨木市の職員、二十数人が視察に来られる日なのです。

私は行くのが遅くなり、門へ入りますと、「上野さん、子供を一人連れて行ってくださいな」と言われ、「ハイ、わかりました」と返事をし、子供さんに「先に行きましょ」と言って玄関まで行きました。

「遅くなりました。『孫』を連れてきました。よろしくお願いします」

と笑いながら言いました。

会長様がおられましたので、再度「遅くなりました」と言うと、「いいですよ」とのお返事。

「でも、年だから」

「上野さんは私が守ります。辞めないでね。あなたが来ないと、サロンはスタッフ、○○さん一人だからね」

とはっきり言われました。横におられた方も、「そうよ、これからも頑張ってよ。ほれ、子供さんが来たよ」と言います。

おはようございますと言って、生後二ヶ月の子供さんを抱いて会場へ入りますと、「あれ、上野さん、いつの間にできたの?」と声をかけられます。

可愛いでしょ、と笑いながら子供さんをバトンタッチ。

「いつも来ているあなたの顔が見えないので、どうしたのと心配していたのよ」と口ぐちに言われたので、「ホラ、元気よ」とガッツポーズを取りました。

こうして、ボランティアの方やママたちのおしゃべりの輪に入りました。

元会長さんだった方が「あなたは上手に話し相手されるから、ママさんたちに信頼されて子供さんを預けられるのよ」と、親切に話してくださいました。私はありがとうございますと言い、嬉しさひとしおでした。


子供さんたちを見ていますと、私は二人の息子をどのように育てたのかなと記憶をたどりますが、今のママさんのように家庭で上手に育てられなかったように思います。

風邪をひいた時や、お腹《なか》をこわし下痢をした時などは、姑と夫の顔色ばかり見て辛いことばかりでした。「日がな一日、何をしていたのや。子供の世話もできん」などと言われて、頭が変になりそうでした。どのように日々を送ったか、記憶があいまいです。


さて、私の幼少の時はどうであったのかと記憶を探っても、こちらも断片的な映像です。

私は四、五歳だったかな。母が「明子、お風呂へ入ろうか」と言ってくれたのを、かすかに覚えています。我が家では「五右衛門風呂」だったから、お釜に触ると熱かったのです。でも、母と一緒だと嬉しかった。

私は母からお乳をもらったのかなぁ、そのことを思い、「お母ちゃん」と甘えてお乳を吸っていると、母は私の顔を見て、「コレ」と笑っていたように思います。

その時、父が「明子、あがっておいで。長く入っているとお母ちゃんがのぼせるよ」と言って、タオルで巻いて居間まで連れて行ってくれました。

その時に、私が生まれた時にお世話になったおじ様が来ておられて、「服を着せるのを俺にさせてくれ」と言って着せてもらいました。大きくなったなぁーと涙をポロリと流して、私を抱いてくれたのを覚えています。

父も母もニコッと笑っていました。

おじ様は、「大きなお人形さんのようだ」と言って、喜んでくれたそうです。あとで聞くと、自分の子供のように接してくれたとか。

病弱な私を大きく育てるのに、両親は大変苦労したことと思います。現在のように栄養のあるものを食べていたら丈夫になっていたと思いますが、当時は食糧難でした。

苦労をかけた母は六十五歳で他界しましたが、私はその年を越しました。私はまだまだこれから、息子と力を合わせて、この家を守っていきます。お母さん、お父さん、大空から見ていてくださいね。

姉は「私たちは姉妹の数が多い」と両親や私と五女の妹に口うるさく言っていました。

ある時、私が二人の子供と一緒に実家へ行きますと、六女の妹が来ておりました。

その時も姉は、妹たちには親切にして、私と子供にはなんだか冷たい対応でした。父に話しますと、「まあ、我慢をしてくれ」と言われました。

その当時は、田舎はどの家庭も家族が多かったのです。実家を継いだ者にとって、家族が集まるお盆やお正月が大変だったのは確かでしょう。

私はお盆とお正月の時期をはずした時にしか、実家には行けませんでした。

私は父とゆっくり話ができたら、それで満足。それが一番の楽しみでした。

妹（五女）に聞きましたら、「義兄が気の毒や」ということでした。でも、我が家の事情を知って姉と結婚したのですから。とはいえ、姉妹が五人もいれば、なにかと面倒《めんどう》見るのが大変なのでしょう。

父が九十二歳で他界してから数回ほどお墓参りに行きました。

これまでお世話になっていた在所の親戚の人たちは、お付き合いをやめると言ったそうです。私と妹（五女）がお参りしなくなったからです。

前にお墓参りに行った時、主人と私が実家でお昼を食べておきながら、お供えが少ないと姉二人が話していたのを聞いてしまいました。主人は「もうお参りはやめとけ」と言いました。それから、私はお墓だけお参りするようになったのです。

事情があり、十数年の間、実家に何の連絡もできず、やっとお盆にお墓参りに行きました。その時、墓石を見て、親族の三人が亡くなっていたことを知りました。

実家へ立ち寄り、仏壇にお参りした時に姉が言いました。

「お寺が、四人の年回、秋に日を取りましたからよろしくお願いしますと言った。これまでは家でお参りをしていたのが、この頃は、○○会館で○月○日にしますと言われる」と。

姉は費用の工面に困ってしまい、親戚は来られないので、息子と私に「お参りに来てほしい」と言いました。人間って勝手なものですね。姉妹が多いと言って人を苦しめておきながら、私は「今さら何」と言いたかった。

息子と相談したのですが、息子も「今になってどういうことや」と言いました。金銭面にしても二人で行けば大変な額です。四人分のお布施と会館へのお支払いとなると、十万円ほどかかります。

姉に「お世話になりました」と言って帰りました。

それからはお墓だけお参りするようにしています。生前の父が「もう少し我慢をしておれ」とよく言っていました。やはりその通りでした。

両親が守ってくれるから、私も息子も元気で毎日を送っております。本当に感謝感謝です。

とりとめのない文章になりましたが、今でも両親と、おじ様の、三人の楽しい笑い声が聞こえてきそうな、そんな感じ。そんな気持ちを胸に抱いて、楽しく日々を送りたいと思います。

また、お盆と秋分の日と、十一月の命日にお参りに行きます。その時まで待っていてくださいね。

お世話になった大好きな方たちへ……。

小学校児童を見て、幼い頃を思い出す

おやつの話

いつだったか、商店街を歩いていますと、私がよく寄る店の前で女の子三人が立っていました。こんにちはと挨拶をしますと女の子たちも、「こんにちは。アッ、おじゃまる広場のおばちゃんや」と言ってくれました。

どうしたのと聞くと、お店が閉まっているのという返事。姉妹でおやつを買いに来たのでしょう。「お姉ちゃん、何と書いてあるの?」と妹は聞いていました。私も貼り紙を見ますと、「勝手ながら、三時三十分まで店を休ませていただきます」とありました。「私はスーパーへ行きますが一緒に行きましょうか?」と聞くと、三人はどうしようと言いながらもスーパーまで付いてきました。

でも、「おやつはあの○○店のほうがいいもん」と言っていました。

その店には、子供の好きそうなお菓子、文房具、それと切手、レターパックなど、いろいろと置いてあります。近所の方が作られたお野菜も少し置かれています。

さて、私は子供の頃、おやつは何を食べたのか。

友達の家へ遊びに行って、半紙に包んだお砂糖をいただいたことがあります。また、芋餡を割り箸に巻いたものもおいしかったです。それと「スイタボ」「ゲシのトウ」などと呼んでいたイタドリやキュウリなど塩を付けて食べました。

何しろお金のかからないものばかりでした。

今、子供さんに話せば、「それ、本当？」と言われそうです。

春から秋にかけて、野山や畑へ行けば食べるものはたくさんありました。当時の子供たちは、現在の野生動物と同じようですね。

「カンキさん」や「お宮さん」の行事がある日は、小学校の帰り道にお店がたくさん並んでいました。四月十日でした。

見に来たいなぁー、でも親が許してくれるだろうか、と思いながら急いで帰って両親に頼んでみたら、母が「行かしてやり」と父に言ってくれました。父が「うん、行っておいで」と言ったので嬉しかったのを覚えています。

その時、友達が誘いに来てくれましたので一緒に行きました。

たくさんのお店を見るだけでも楽しかったです。あの時は、何を買ったのでしょうか……?

その頃は飴玉に「キザラ（黄色がかったザラメ）」をまぶしたものが一個五十銭でした。一円を出して買うと「二個、いやおまけや」と言って三個を袋に入れてもらったものです。袋と言っても、紙を二つ折りにして一ヶ所だけ糊で貼ってある三角包みです。飴玉は、とてもおいしかった。

また、「コンペイ糖」のバラ売りもあり、買って食べました。

飴やお菓子の入っているお店の容器は、海苔の瓶を斜めにしたような形でした。粉を入れる容器と違って、ガラス瓶でなく、プラスチック製だったかな? さだかではありません。

おはじき、おじゃみ、羽根つきで遊んだこと

五月十六日頃だったかな?「ヤクジンサン」というお祭りがあり、お寺の境内に屋台が出ます。

友達と一緒の学校からの帰り道、和尚さんが石段の途中におられて、私の顔を見て「上

野さんの子供さんだね」と声をかけられました。「ハイ、そうです」と答えますと、よろしくと伝えておくれと言われました。

「さあー、早く家に帰って、またおいで」とも。

帰宅後、母に、お寺の和尚さんに逢ってよろしくと言われたよ、と話しますと、そうかと言って嬉しそうにしていました。和尚さんは母の親戚でした。

両親も「よくお参りしておいで」と言いましたので、友達と一緒にヤクジンサンへ行きますと、和尚さんが門の所で立っておられました。

「よく来たね。身体は大丈夫か」と聞かれ「ハイ」と答えると、「さあー、早くお店を見といで」と親切に言ってくれました。母が和尚さんに私のことを話してくれていました。

この時は、何を買ったのかな？　風船が竹笛の先に赤い羽根と一緒に巻いてあって、吹くと風船が膨《ふく》れて、しぼむとプーッと音がしたおもちゃ？　今思えば、勉強にはなんの役に立たないもの……でも、それが楽しかったのです。やはり幼稚な子供だったのかしらね。

帰りに和尚さんを見かけましたから、ありがとうございましたと言って石段を下りて帰りました。母の教えの通りに挨拶をしました。

子供の頃、友達は「ガラスのおはじき」で遊んでいましたが、私と妹は小石を集めて、おはじきの代わりにしました。

母に、中に小豆を入れた「おじゃみ（お手玉）」を作ってもらいました。妹と遊んでいたある日のこと、母が「おしるこを作る」と言って、おじゃみの小豆を使いました。おじゃみはほどかれてしまったので、しかたなく、また小石で遊んだ思い出があります。「おじゃまる広場」でおじゃみを縫って持って来られた方がいました。懐かしいと見ていた私です。


お正月の「羽根つき」は、すべて手作りでした。ムクロジの実を公民館へ拾いに行って、皮を剥いて洗いました。その手をなめると苦かったのを覚えています。そのムクロジに穴を開けて、鳥の羽根を三枚もらって差し込みます。これが羽根で、板は父に作ってもらって遊びました。

「お父ちゃん、おおきに」と言うと、嬉しそうに「ニコッ」としていました。両親は私と妹が仲良く遊ぶのを見て、心の中で「ホッ」としていたと思います。

いろいろなことを思い出すと懐かしいことばかりで、小さい時の「ふるさと」がまだ頭の中に残っているようです。

遊びとは違いますが、電話もこの数十年で大きく変わりましたね。今は、「交番速報」「オレオレ詐欺」と書いたチラシが回覧されますが、私が小学校の時には、各家庭に電話がなく、連絡もすぐにはできませんでした。郵便局へ先生と一緒に交替で行って、私たちは電話のかけかたを学びました。

今やプッシュホンですが、数十年前まではダイヤル式で、その前はハンドルをグルグルと手で回し、糸電話の紙コップのようなものに口を近づけ、片手で受話器を耳に当てて話していたと思います。ハンドルを回すと交換手が出て、番号を言いますと繋《つな》いでくれました。

いろいろと電話機も変わったものです。今や「携帯」に変わり、便利になりました。私は時代遅れの人間になりつつあります。

私が当地に来た時すでに、小学生児童も携帯を持っていました。両親が働いているからと話していました。

当地の小学校六年生の修学旅行

去年のこと、「娘が修学旅行に京都と奈良へ行ってきました」と言ってお土産をいただきました。その児童の家とは、家族ぐるみでお付き合いをしています。

息子も嬉しくて、その子の母親にお礼のメールを送っていました。優しい心遣いが嬉しかったことと思います。

私の小学生時代を振り返ってみますと、修学旅行は京都と奈良でした。費用は「五五〇円とお米二合」だったと思います。その当時は、一度に費用が払えないということで、一ヶ月十円からの積み立てでした。

中学校では旅行の費用が「五五〇〇円とお米」でした。息子が修学旅行に行く頃は、お米を宿泊先に持っていくと「お惣菜」がたくさん食べられるということを聞きました。

積み立てが一ヶ月十円なんて、今では考えられない金額です。でも、我が家にとって、その時は大金でした。他の人たちはその二倍ほど貯金をしていました。

我が家では、旅行費用が不足した場合は、出発前になんとか支払ったと思います。何しろ食糧難の時代に大家族でしたから。また、私が病気で治療費を費やしたからです。今思うと、家族のみんなには申し訳ないと心が痛みます。

その当時、担任の先生に「(身体の弱い) 私は旅行に行けるでしょうか?」とお聞きしますと、「頑張って学校へ来て、みんなと一緒に運動すれば良い」と、優しくお言葉をいただきました。

今でも先生のお言葉が心に残っています。七十数年前のことですが……。

このことは思い出として、現在の小学校児童たちと付き合っていきたいと思います。

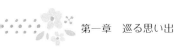

五月といえば……

今年度からは一ヶ月に一回、火曜日に小学校へ見守りや清掃に行くこととなりました。というのは参加する人が日によって変わるため、割り当ても変わるのです。前もって断る方、急に行けないと言う方、無理のきかない方も多いようです。

朝学校へ行く児童に、おはようございますと挨拶をしますと、手を上げて「タッチ」をしてくれます。「気を付けて行ってらっしゃい。また学校でお逢いしましょうね」と言いますと、行ってきます、と姉弟が言ってくれました。

その時、私は心が「スカッ」とします。


五月といえば連休ですね。

会社によっては大型連休となります。テレビを見ていましたら、海外旅行へ行くとか、連休の前半と後半で違う行き先があり、田舎へ行くとか言って子供さんが楽しそうにしていました。渋滞で車がまったく進んでいないように見えました。車でお出かけの方は大変だろうなあ……。お疲れさまでございます。

私が田舎にいた時には、連休といえば義姉弟が子供連れで来て、大変な賑わいとなりました。川へ魚を捕りに行ったり、山へ山菜採りに行ったりで、大所帯の数日間です。

それに四月下旬頃より、五メートルほどの鯉のぼりを立てていました。入れたり、出したりが大変で、私も疲れました。帰省客たちは何日滞在したのか覚えていません。田舎のお土産をたくさん車に積んで帰りました。みんなが去ったあとは、大水が引いたように思いました。

その後、鯉のぼりは五月五日には仕舞いますが、支柱は片付けることができませんでした。近所の親戚が来られて、私には言わず、義母に「早く片付けないと息子が縁遠くなる」と強く言われ、私は怖かった。

でも今、田舎を離れて町を歩いていますと、屋根から庭の柵に綱を渡して、五匹の鯉のぼりが五月の風に吹かれて気持ち良く泳いでいるのを見ました。

田舎と違って、五月十日を過ぎても悠々と泳いでいました。見ているだけで心が晴れ晴れとします。

アッそうそう、スーパーへ行きますと、菖蒲を売っていました。あれはどうすればいいのかなぁーと、この年になって思っていました。あるテレビ番組で子供さんに、「これ（菖蒲）をどうしますか？」とインタビューしていました。すると子供さんは、「浮かべた風呂に入ります」と言っていました。

私は、なるほどと思いました。実家にいる時も、田舎にいる時も、義母に菖蒲風呂をしてもらった覚えがありません。息子に話をしても、「そんなこと、あのおばあーはしてくれるわけがない」と言いました。

そして五月五日に「チマキ」を食べることも、田舎ではありませんでしたし、私が勝手に作ることもできませんでした。婦人会の料理教室で作ると聞きましたが、私は行かせてもらえなかったのです。あるおばさんが「チマキを作ってみたので、少しですが食べて」と言って持ってきてくださったことがありました。おいしかったー。

京都伏見のお祭りが五月五日だったので、京都に住んでいる時には食べました。

今はお店に売っていますから、家で作らなくてもいつでも食べられます。

やはり、京都は懐かしいなぁー。友達が私に、京都へ出ておいでと言いますが、行っても住む所がないから仕方がありません。

給食の思い出

私自身、子供の頃の昼食はどのようなものを食べていたかな？　肝油を食べたことは覚えています。何しろ食糧難の時代ですから、麦ごはん（大麦をえばしたもの）で麦だらけでした。「えばす」とは麦を軟らかく煮ること。それを米と一緒に炊きます。麦の割合が多かったのです。

遠足に行く時は、おにぎりに梅干しを入れて、竹の皮におにぎりとお漬物を包んで持っていきました。他の味付けは何もなくてもおいしかったですよ。

学校のお弁当も同じく梅干しと漬物。箸入れ付きのお弁当箱はアルミ製だったかな？毎日、日の丸弁当で同じ場所に梅を入れるから、梅の酸で、その部分に穴が空いたのです。そして空の弁当箱の中で、梅干しの種とお箸が踊ってカラカラと動いていました。

思い出したら、恥ずかしいような気持ちです。

冬の小学校の暖房は薪《まき》ストーブで、教室の真ん中に置いてありました。その周りに台を置いてもらい、その上にお弁当を重ねて並べ、温めました。今思うと考えられないですね……。

現在の小学校は給食ですから児童の皆さんは楽しそうに食べています。ある日のメニューに、白ごはん、チャプチェ、野菜を細かく切って炒めたもの（はっきりしません）、みそ汁はおとうふと少し具の入ったもの、そして牛乳だったかな。これは一回見ただけです。

給食のすんだあとに、私が学校を訪れた時には、カレーとかラーメン、焼き魚、かた焼きのおかき、行事に合わせてひなあられなど、教室の黒板の横に献立が貼られています。とてもおいしそうで、私も一緒にご馳走になりたいなあーと思いました。

小学校の「ふれあい隊」として、最後まできちんと行けなかったのは残念に思いました。というのは、三名のグループに組んでいただいたのですが、急に行けなくなる方もいたからです。

無理をして行かなくてもよい、学校へわざわざ電話しなくてもよい、とのことでした。それを聞くと、なおさら行きたい気持ちになりました。来年度からはどうなることやら。私は児童たちの元気な姿を見たいなあーという思いが、いつでも頭にあります。私は引き下がらないように心を入れ替え、「児童たちが待っている、顔を見に行こう」と思っています。

私って、「我がままなバーバ」ですよね。

児童の皆さん、私が行くのを待っててくださいね。また、肩を「ポン」と叩いてくださいよ。横に来て背比べしてくださいよー。

我が家の生活の無念さ

あるテレビ番組を見ていますと、老齢になってから中学校へ通って勉強している方のお話がありました。このお話は、前にも聞いたように思います。

戦争中は家の仕事で学校も行けなかったから、今、中学校へ入学できたこと、楽しい生活ができることが嬉しい。七十年間の生きざまを話し、やはり学校へ行って学ぶということが、どれほどすばらしいか。学ぶことができなかったことは、思い出すと苦しいと話しておられました。


私も、こういうお話を聞きますと、自分の学生時代を思い出します。小・中・高校へは行かせてもらいましたが、まともに勉強もできず、ただ、学校へ行って出席を取ってもらって「単位がとれた」ということだったといえるでしょう。小学校はともかく、中学校に入学できたのは私も嬉しかった。でも、家に帰ると「縄《なわ》と鎌《かま》」が用意してあったのです。それは手で行う草刈りの用具です。お風呂と釜の炊き付け用に山へ行って杉葉取りをします。苦しい毎日でした。

毎日毎日草刈りばかりをしていると、ススキで手のひらが切れ、血が出て痛かった。それでも素手で草刈りをしました。

冬は「俵《たわら》編み」。怠けていると、すごくどなられました。悲しくて涙が出そうになりましたが我慢をして「俵編み」を続けました。

夜は勉強もできず、泣き疲れて横になったままで、朝になっていたものです。私は何をしに学校へ通っていたのだろうか？　でも友達に逢って話すことが楽しみの一つでした。

早く中学校を卒業したいと、そのことしか頭にありませんでした。何をする気もしなかった。悔やんでも悔やみ切れません！

早く家を出たいということを指折り数えながらの生活でした。

また、なぜ姉は私ばかりに辛くあたったのか、それが知りたいと思っていました。

ある日、父が病気になり、主食として「牛乳とパン」が必要となり、牛乳は私が毎日、雨が降ろうが雪が降ろうが自転車で酪農家までもらいに行きました。そのあと、私は自転車で登校しました。毎日毎日隣町まで行くのが大変でした。苦しい毎日でしたが、父の病気が早く治るようにと祈りながらの生活でした。

でも涙が出て、拭いても拭いても止まりませんでした。私が、いくら苦しく辛い顔をしていても優しい言葉は、かけてもらえなかったのです。なぜでしょうか？　妹たちは私の気持ちなどわかっていません。早く父の病気が治り、私はこの家から出たいとばかり思っていた中学時代。

中学校を卒業したら就職して元気を取り戻そうと考えていました。でも両親から、定時制高校へ行ってくれと言われました。

私は姉から離れて暮らしたかったのですが、思い通りにはいかず、中学校を卒業後、定時制高校へ進学。苦しい毎日でしたが、勉強はどうだったか、よく覚えていません。出席日数は足り、単位だけは取れて良かった。

五女の妹は、私に「ごめんね。悪いけれど、この家から出ます」と言って、中学を卒業すると就職しました。私を見ていると気の毒やと言いました。

両親は、私が家にいてくれると気が落ち着くと言って、高校を進めてくれたのでした。両親も姉にいろいろと気を遣って苦しんでいたのでした。

幼い頃、危ない病気の時、なぜ私を助けてくれたのかしら、と高校生の時に思ったことがありました。でも、一生懸命育ててくれたのに、そんなことを考えるのはバチが当たるかなぁーとも……。

私が高校を卒業してから、何年かのちに姉夫婦は都会へ出て行きました。私は家を出ていたので、仕事が姉夫婦にのしかかり、辛抱ができなかったのでしょう、義兄が机に向かってする仕事がしたいとのことでした。織物工場で働くことになったのです。

その代わり、私が家に帰り、両親の手伝いをすることになり、おかげで父に厳しく優しく教えこまれました。学生時代と違い、生活が一変したように思いました。私も学校へ行かせてもらっただけでも幸せだったのかもしれませんね……。

戦争中のお話を時々聞きますが、終戦後と言っても、本当に戦争で焼け出された方々は、苦しかったと思います。

立ち直るまでの年月、口には言えなかっただろうと思います。他の人から見れば、私のような者には贅沢《ぜいたく》かもしれない。でも日常、生活の中で苦もあれば楽もあります。

生きてきて七十数年、楽しかったことは多くないほうかもしれません。でも、小学校卒業まで、生活の中で優しくしてくれた両親や、親戚の方たちが今、頭の中で、にこにこし、話し声が聞こえるような、そんな感覚があります。

それと、田舎から当地へ来てからは、生活が楽になりました。時々、夢の中で「朝、もう起きなあかんぜ」と、親の声が耳もとで聞こえるような……。優しい両親が見守ってくれているようです。七十歳過ぎても子供は子供なのですね。

本当に感謝しています。ありがとうございました。これからも頑張ります。大空より見守ってくださいね。大好きな両親、親戚のおじ様方へ、いつまでもよろしくね！

田舎を出て十年過ぎた

平成二十九年十二月に東京の年金事務所より手紙が来ました。

封を開けますと、持参するものや、記入して持っていくもののことが書いてありましたので、一応、そこへ電話。すると、「上野さんの出身と旧姓を教えてください」と聞かれました。○○市○○町の上野ですと言い、その時に津の年金事務所の電話番号を教えていただきまして、すぐにそちらへ電話しました。

「名張市の上野です」と言うと、事務所の方が答えました。

「上野さん、戸籍謄本を市役所より取り寄せてください。そして来年、津まで来てください」

「何日にお伺いすればいいでしょうか」

「平成三十年一月四日から開いております」

「それでは、一月四日の十四時にお伺いします」

「お待ちしております」

という会話でした。

それから、すぐに戸籍謄本を市役所へお願いしましたら、小為替四五〇円分と用途を書いて送ってくださいと言われましたので、郵便局から送りますと、数日後に届きました。

津の年金事務所は、以前二度ほど行きましたが、うっすらとしか覚えがなくて、駅前からバスに乗り、運転手さんに教えてもらいました。最寄りの停留所から十分ほど歩いて行ってくださいとのこと。

事務所へ行って、「名張市から来ました。十四時の約束の上野です」と言いますと番号札を渡されました。少しお待ちくださいと言われたのち、しばらくすると呼ばれ、戸籍謄本を渡しました。

「遠い所までご苦労さんです。上野さん、『従前戸籍（前の戸籍）』と『附票（戸籍に付けられた書類、住所などを記載）』を市役所より取り寄せてください。それを名張の出張事務所へご持参ください」と言われました。

明くる日に市役所へ従前戸籍と附票のことを話しますと、係の男性が、「もう五年で消えています。あーこわ」と言われ、女性に代わりました。その方も「消えています」と言われたのです。

それで私は支所のほうへ電話して、従前戸籍と附票のことを話しますと、女性がこう言いました。

「あれ、生きておられたのですか？　今までどうされていましたか？　生きておられたのでしたら、それでは附票をなんとかします。健康保険と住民税はどうされていましたか。附票をお送りしますから、郵便局から七五〇円分の小為替と必要な用途を書いて送ってください」

送ったあと、息子に経緯を話すと、「死亡届が出ていましたか、となぜ言わなかったのか」と言われました。

支所からの書類が届きました。期日に間に合って良かったと思い、名張の年金出張所へ持っていきますと、「戸籍はこれでよし。附票は上野さんのことが記入されていません。息子さんのは出ていますが、これではダメです」とのこと。

私は京都に住んでいた時から、名張市に移ったことなどを書いて渡しました。市役所へ戸籍を移しましたから附票には記入されていないのです。

びっくりされたことで、私は透明人間のようだと感じました。でも、足はありますよ。上野さんのことは事務所で相談します、と言われました。あれから連絡もないので、OKだったようです。


最初は戸籍が五年間消えているということで、どうしたらよいのかわからず、パニックになり、電話から離れることができませんでした。ほうぼう電話してもつながらず、ハッキリしなかったのです。あきらめて、支所へ電話をすると解決しました。

私が京都市に来た時、保険証がないので病気になったらどうしようと悩みながら、ブラブラ歩いている間にちょうどバスが来たので乗り、バスターミナルまで行こうとしたら、ある年配のご婦人に声をかけられました。

「あなたは見慣れないお方ですが、どこまで行かれますか」

「区役所まで行くところです」

「私も区役所へ行きますよ。老人ホームへ入所の手続きをしに。あなたは何の用で？」
「健康保険証をお願いしに行きます」
と話し、区役所まで一緒に歩いて行きました。
ご婦人は、区役所に知り合いがいるから頼んでみましょう、と言ってくださいました。親切な方に逢えたと嬉しかったです。

区役所の中に入り、係の方に話してくださると、保険係の方が来られました。こちらへどうぞと言われて個室へ入り、私が田舎から出てきた「いきさつ」を話しますと、一枚の用紙をいただきました。今住んでいる住所と生年月日と名前を書いてくださいと言われました。

言われた通りに書きまして印を押しますと、少々お待ちくださいと言われ、しばらく待っていました。

「上野さん、保険証ができました。これを使ってください。もう安心ですね。それと住民税の用紙が届きますから郵便局へお支払いください」と言われ、私は二ヶ月分ずつ支払いました。

さらに以前住んでいた所の住民票を一通、取り寄せるよう言われました。私は田舎の役場へ電話して、住民票一通お願いすると、小為替一枚と用途の理由を書いて送ってくださいと言われました。

田舎では、役場、郵便局、ＪＡなどへ主人が行って、私の行方を聞き回っていると聞きました。役場の方に「私のことは言わないでください」と話しましたが、困っておられるとのことでした。

何ヶ月間は住んでいる所に落ち着いていたのですが、息子が「もう、そろそろケリをつけようか」ということで、保険証を頼んだ方に相談をして弁護士さんを紹介していただき、六ヶ月経ってから、家庭裁判所へ月に二、三回通いました。そのうちに京都から三重県名張市に移りましたが、裁判所へ通いながらの転居で大変でした。

そうそう、京都での保険証のことですが、平成十七年十月に区役所の保険係の方に、京都を離れ、三重県へ行きますと話しますと、手紙を書いてくださり、「これを市役所の係の方に渡してください」と言われました。

移った明くる日に市役所へ行き、係の方に渡しましたら、京都のほうに連絡してから保険証を作っていただき、京都でお世話になった保険証は市役所のポストへ投入しました。

帰ってからお礼の電話をしました。

後先になりますが、私もその年の十月で六十五歳になりますので、京都の区役所で年金の用紙をいただきました。「上野さん、(書くのを) 失敗してもいいよ」と用紙を二枚いただきました。

その方は、私に「ご主人のことで、出て来られたのですね」と先に言われました。気をしっかり持って楽しい人生を送ってくださいよ、と親切に話してくださいました。

私は嬉しくて、心の中で泣き笑いといった気持ちでした。

人様に親切にしていただいたから、京都から離れるのが辛い。もう少しこの町に住んでいたいなぁーと、心が揺れ動いたのです。


新聞にも出ていましたが、私と同じように夫から逃げた女性が市役所へ相談に行き、助けを求めていた。それを、ある警察署員が夫に女性の住所を教えてしまったという出来事が記事にされていました。

人の心というのは、信用できない時も残念ながらあります。我が家も、息子の銀行の通帳の名前が、年金事務所の人にわかり、田舎に連絡がいって、主人が当地まで捜しに来たことがあったと弁護士さんから聞いてびっくりしました。

被害者を守らねばならない側の人がどうして、そういうことをするのだろうと思いました。その気持ちが私には理解できません。うっかり口を滑らすということはいけないと身にしみてわかりました。

私は、主人から耐熱ガラスの鍋の蓋が飛んできた時は、もう死ぬかと思いました。怖かった。今でも頭から離れません……。

裁判所へ二年間通いましたが、決着がつき、裁判所の方や弁護士さんとも、「長かったですね。やれやれで、気持ちが楽になりました」と話しました。

「これで離婚成立です。良かったですね。これからもお元気でお暮らしくださいね」と言っていただきました。

この離婚用紙を持って田舎の役場へ行って提出してください、と言われました。

私は戸籍を移しました。もう気にすることなく、楽に暮らせると思いました。息子が私に、「お母ー、もう安心やね。気がねすることもないで。俺も落ち着いて仕事ができるから、心配しないで家のことだけをしてくれたらいい」と言ってくれました。

息子も籍を移しました。これで、やっと自分の「家」が持てたと安心した様子でした。

第二章

可愛い人たち、助け合いの心

おじゃまる広場での「ざっこ」教室

おじゃまる広場に行きますと、生後二ヶ月のお子さん連れのママさんが来られました。

私が挨拶をして赤ちゃんを見ると、笑ってくれました。友達が「ざっこ」するのを見て、私が「アッ」と羨ましそうに言いますと「上野さん、大丈夫ですか?」と聞かれ、頷きました。「ざっこ」させてもらって、場内を子守歌を唄いながら三回ほど回りました。

私は嬉しく、ママさんを見ながら歩いていました。お子さんの顔を見ますと「うつらうつら」としていました。

ママさんに合図をしてからバトンタッチをしますと、お布団の上で気持ち良さそうにスヤスヤと寝ていました。今日は嬉しい日でした。

今日は、「ざっこ」の仕方を教えていただきます。「ざっこ」というのは、平帯《ひらおび》を使って前に赤ちゃんをだっこすることで、ママも赤ちゃんも楽な姿勢になるということです。

私たちが子育ての時は、おんぶをして仕事をしていました。それが当たり前の生活だったのです。田舎では、そうすることで子供の心配をすることもありませんでした。でも、畑や田んぼの仕事の姿勢によっては、背中の子供は苦しかったであろうと思いました。

今、二ヶ月の赤ちゃんはベビーベッドに寝かされて一人で手足を動かしてご機嫌そのもの。お腹がすいたり、おむつが濡《ぬ》れたりしたら、泣いてママを呼びます。それから気持ちが良くなればスヤスヤ眠って、それが赤ちゃんの仕事です。

赤ちゃんにおもちゃを与えるのも気を付けてほしいと思います。動きが活発になりだしたら、どんなものでも口に入れてしまいますから。また、とがったものは与えない気配りをしてほしいと思います。

もし、まちがっていたらごめんなさいね。私が気が付いたことを書きました。

幼稚園運動会の見守り

十月六日の幼稚園運動会が雨天のため延期になり、八日に行われることとなりました。役員様から「上野さん、八日の午前中、運動会の見守りに行けますか?」という連絡がありました。「ハイ」と返事しますと、「そうですか、ありがとうございます。良かった……」とお礼を言われました。

「当日はどなた様とご一緒でしょうか」

「私です」

「そうですか、お世話になります」

「それでは午前九時に会場でお待ちしております」

ということになりました。


日暮れ頃、おじゃまる広場の先輩から電話がありました。

「上野さん、○○です。幼稚園の運動会に行ってくださるのですね。本当は私が行く予定だったのですが、急に用事ができて二日間東京へ行かねばなりませんので、上野さんに無理なお願いをしました。ごめんなさいね、よろしく頼みます」

「お気を付けて。ご丁寧にありがとう」と言いました。


当日は良いお天気でした。朝運動場へ行き、名札をいただき、園長先生に、「お久しぶりです。お世話になります」と挨拶をしますと、「熱中症にならないようによろしくお願いします」と、二人の先生にお言葉をいただきました。

場所は以前に来たプールとトイレ、その見守り当番でした。運動会開始の一、二時間前頃から順番にトイレに人が来ます。だいたいは、女性が子供連れで来て、男性はバラバラに来ましたので、男性のいない間に女性に「今のうちに男子トイレへ入ってください」と言い、男性が来たら、「少し待っていただけますか？　今女性が入っておられますので」と話します。男性は「いいですよ」と言ってくださいました。

女性が出てきまして「お先にありがとうございました」と言います。そこで私は男性に「お待たせしてすみません、どうぞお入りください」と案内します。

するとそこへ女性が近づいてきて、私の肩にポンと手をかけたので、振り向くと知り合いでした。相手は「やっぱりあなたでしたか？　上手に対応されていると思いました」と言ってくださいました。お逢いした時は優しくお話をしてくださる方です。ここでお逢いするとは思いませんでした。

「こんにちは。お孫さんと一緒ですか、ご苦労さまです。ゆっくりなさってください」と言いますと、その方は運動場へ行かれました。

同じ係の人と、「あれ、もう少しでお昼ですね」と話していますと、幼稚園の役員様がお昼の「お弁当、お茶、粗品」を四人分持ってきてくださいました。

どうぞ皆様で食べてくださいと言われ、ありがとうございますと返しました。

四人分だけど、あと二つは誰と誰のかなと思っていると、来られたのは役員様二人でした。お弁当を二人ずつ交替でいただきましょうとなりました。その時に、私も役員様の中に入れていただいて申し訳ないと思いました。

会長様に、「上野さんしか頼む人が浮かばなかった」と言われ、ありがとうございますとお礼を言いますと、これからもよろしくねと言われました。

昼食もすんで、午前中の「見守る係」が終わり、お先に失礼しますと言って、その場を立ち去り、園長先生にお礼を言って帰りました。これで「一年の計は元旦にあり」ではないですが、やっと終わりました。


次は何かなと思っていると、中学校のベビースマイル（中学生と赤ちゃん連れの若いお母さんとの交流会）でした。でもお子さん連れが来ませんでした。「仕方がないですね、帰りましょう」と役員様とお話をして別れました。ママさんの参加は自由なのです。おじゃまる広場の席でミーティングがあり、その時に、「ベビースマイルに行って校門の前に立っていましたが、時間が過ぎても誰も来ません。役員と上野さんとで待っていましたが帰ってきました」と、報告がありました。

次週はというと、保健師さんの講座で、来られる人は参加してくださいとのこと。友達と連絡を取り、参加して勉強しましょうか。また、母乳の会もありますから。

小学校ふれあい隊に参加して

五月中頃だったかな、小学校へ会員三人で行ってきました。なんだか懐かしいように思いました。

玄関に入りますと、私たちふれあい隊が清掃する場所は「一階の手洗い場」と書いてありました。私たち三人が教室を見ながら廊下を歩いていますと、まだ給食を食べている児童がいました。他の児童にも、「どう？　全部食べられないの？」と聞くと、ご飯少しと牛乳が残っていました。「もう少しですね」と励ますと、うん、と言って食べていました。

給食が終わってから、私が廊下にいますと、一人の男の子が、「おばちゃん」と言って横に来ました。

「僕、○○と言います」と自己紹介をしてくれます。

「私は、おじゃまるの上野です」とお返しし、手を「タッチ」。

「覚えといてね。これからもよろしくね。次回に来た時には手を上げてね」と言って別れました。また一人の児童に出逢えた……嬉しい。

清掃がすんだら、一年生児童が順番に廊下へ集まってきました。これから何かあるのと聞くと、耳鼻科の検査があり、順番を待っているとのこと。では失礼しますと言い、先生が「ありがとう」と、児童もバイバイと言って手を振ってくれ、「また来ますね」と言って帰ってきました。

給食の献立は、牛乳、玄米麦ごはん、しょう油ラーメン、ゴボウサラダでした。残す児童、全部食べる児童といろいろでした。

また、別の日に友人と小学校へ行くと、玄関に「二階の手洗い場」と書いてありました。二階に上がり、教室を覗くと給食は終わっていました。「給食どうでしたか？　おいしかったですか」と児童に聞きますと、「うん、おいしかったよ、全部食べたよ」と答えてくれました。

しばらくすると掃除の時間の放送があり、児童と一緒に手洗い場の掃除をしました。手洗い場の足もとに水が飛び散っていましたので、雑巾を持ってきてと頼み、足もとを児童と一緒に拭きました。

雑巾を絞っていると女子児童がハンカチを洗いに来ましたので、「私、絞りましょうか」と聞き、絞って四ツ折りにしてポンと手で叩いて渡しました。すると、四人ほどの児童が「おばさん、私も洗って」と言うので、同じようにして渡しますと嬉しそうに「おばさん、ありがとう」と言って教室に入りました。

それから、男子児童が鼻血が出たと言って洗い場で鼻を洗っていましたから、お手拭き用のティッシュを渡し、これで拭きなさいと言いました。

その後も気になり、濡れたハンカチを持って教室へ入り、これで拭きなさいと渡しました。熱があるのかなと手を額に当てて私と比べると熱はなさそう。その間、女子児童三人が彼をノートで扇いでいました。優しい子たちだなーと感心しました。

女子児童の中にも、昨夜鼻血が出たと話していた子がいます。私は先生に話してごらんと言って帰ってきましたが、気になり、女の先生にわけを話しました。

私も、その日は暑くて身体がだるいような感じがしました。やはり陽気のためだったのでしょう。家に帰ると室内は三十度の暑さだったのですから。

季節は移り、十二月一日の朝、先輩から連絡です。

「上野さん、私ね、用事ができて『ふれあい』に行けないの……。一人で行ける？」

「ハイ、わかりました」

と言って、少し考えてから副会長様にお電話しますと、私がその方の代わりに行きますと言ってくださり、嬉しかったです。

午後、副会長様の友達の車で小学校まで行きました。助かったわ、ありがとうと、言いながら玄関へ入りますと、校長先生を始め他の先生方も、ありがとうございますと、お逢いする先生方が挨拶をしてくださいました。

二人で軽く会釈をし、こんにちはと言いまして中に入りました。玄関には、お手伝いをする場所が「二階の洗い場」と書いてありました。「その前に一年生を見てきましょうか?」と教室に行くと、ちょうど給食を食べていました。

洗い場では二〇〇ccの小さい牛乳パックを洗っている児童もいたり、トイレへ行ったりしていました。

全部食べられたかと聞くと、男の子が私の手を引っぱって教室へ連れて行きます。まだ給食を食べていました。先生もおられましたので、「失礼します」と言って男の子に引っぱられるままに一番前の席まで行きました。

男の子は給食が残っていました。先生が、その子はトイレへ行ってきたと言われました。残さずに全部食べるのよ、と言って、私も横で見てあげていたらいいかしらと思ったのですが、先生が見てくれますので、「失礼します」と言って廊下へ出ました。なんだか可愛い孫のように思いました。

教室から私が出てくるのを待っていてくれた友達に、「すみません」と言って二階の洗い場まで行ったところで掃除のチャイムが鳴り、これから掃除を始めますと放送され、児童たちは、それぞれの持ち場へ行きます。

その時に、私が立っていると男の子が私の横へ来て背比べをしています。私も笑いながら「おばさんは背が低いからね……すぐ追いつくよ！。早く大きくなってね」と頭を撫で、片手で肩に手を回し抱えました。それを見ておられた男の先生が教室から出てきて、すみませんと言って笑っておられました。

「楽しい児童たちですね。私は嬉しかったです」と話しますと、先生もありがとうございますと言われました。

児童たちは洗い場を一生懸命磨いていました。排水口にゴミが溜まり大変だったようです。

私も少しお手伝いしました。

廊下を拭いた雑巾を順番に洗いに来ていましたので、ハンカチの時と同じように私が、雑巾を絞りましょうかと聞くと渡してくれたので、絞り直しましたら、ありがとうございましたと笑顔で言ってくれました。友達が、もう行きましょうかと言い、日誌を書いてくださいました。

親切な方が、お忙しいところをご一緒してくださって嬉しかった。本当にありがとうございました。なんだか「年内の締め括り」ができたような気持ちでいっぱいになりました。

「子育てガイド名張市」講座

保健師さんによる子育ての講座がありました。その時に資料をいただき、目を通しながら、スライドを見せていただきましたが、保健師さんがマイクで説明をされても、早口でしたので少し戸惑いました。

はじめに「妊娠中の変化」についてお話があり、妊娠と出産を経験する女性の身体がいかにデリケートかという内容でした。

妊娠・出産・産後は最もホルモンの変化が大きく不安定な時期です。

妊娠中は10か月をかけて、ゆっくり体は変化します。ところが産後は急激に元に戻ろうとするため、母体にかかる負担は相当なものです。

例えるならば、月経（生理）中のホルモン変化がマンション20階程度としたら、産後はエベレストのてっぺんから一気に下降するようなイメージでホルモンが減少するのです。
産後は急激にホルモンの量が減るため、普段なら何でもないようなことにも不安になったりします。

（「名張市子育てガイド」より）

保健師さんのお話を聞いていますと、私が子供を出産した時のことを思い出します。友達から、「上野さんはこのことで話が出ると思った」と言われました。

妊娠すると日が経つにつれてお腹が目立つようになり、苦しかったです。それでも水田と畑の仕事もしていました。

臨月になるにつれて、体重は十キロ増になりますと産婦人科で言われましたが、講座の時に妊娠してから臨月までの重さを順番に見せていただきました。最初は薬の錠剤より少し大きいくらいの胎児。次はソフトボールの大きさ……と月日が経つごとに大きくなり、十キロの重さを説明していただきました。

胎児は大きくても四キロくらいでしょうが、重たいね。こんな重いものがお腹に入っていたと思うとびっくりです。

保健師さんのお話は続き、「産後のこころの変化」という内容になりました。

女性は、出産後、母親とよばれる存在となりますが出産しただけで母親になれるわけではありません。

母親という役割を獲得していくためには、赤ちゃんとかかわる中での満足感と自信を身につけていくことが大切です。

「楽しく育児をしたいのに、現実はイライラして辛い、話を聴いてほしい！　赤ちゃんだけでなく私も抱きしめてよ！」というのが産後のお母さんの当たり前の心理です。
①ゆっくり休む、ゆっくり食事をする、②育児の悩みや不安を聴いてもらう、③授乳がうまくいくことの、①②③が満たされることで、安心や満足感、自信につながります。
産後は女性ホルモンの影響で、母乳が出たり、産前の体に戻そうとします。この変化に体とこころがついていけないと、不調を感じてしまいます。約20～40パーセントの人が産後まもなくして情緒不安定になり、突然悲しい気持ちになったり、訳もなく涙が出たり、やる気が出なかったり、不安で眠れなくなることがあります（マタニティーブルーズ）。ほとんどの場合は、10日～2週間で自然に治りますが、産後うつは長引いたり、症状が深刻になるこころの病気です。早めに治療すれば改善も早くなります。

「お母さんが笑顔でいられるように、家族ができること」
①ありがとうの気持ちを言葉や行動で伝える
②お母さんの気持ちを聴く
アドバイスできなくていいのです。気持ちを聴いてもらえるだけで、スッキリします。
③お母さん一人の時間をつくる
子育て中は、常に赤ちゃん優先となり、ホッとできる時間がとりにくいものです。

お母さん一人で買物や美容院等に出かけられる時間をつくってはどうでしょうか。

（「名張市子育てガイド」より）


また、当日配布されていた子育て応援ステッカーには、素敵な言葉がありました。

「赤ちゃん抱っこしとくで、しとくで」

「泣いてもかまへん、かまへん」

「おかあちゃんの笑顔がいちばん」


妊婦さんや子供たちの元気は地域の元気です。妊婦さんや子供に「大丈夫?」「伝えることはありませんか？」と声をかけたり「泣いてもいいよ」とあたたかく見守ってください。

日々の出来事から　～道行く方と交わした言葉～

道行く人に、挨拶をします。

「おはようございます。朝は冷え込んで寒いですね」

「そうです。寒いですね」

「これからお仕事ですか」

「ハイ、そうです」

「お気を付けて行ってらっしゃいませ」

「ありがとうございます。行ってきます」


私は、このようにして人様と接するように努力して、皆様との和をつくっていきたいと思っております。

また、別の日に買い物に行く途中、

「今日は寒いですねとしか言えない。つらいこの頃ですね」

「でも下りは寒いですが、帰りは買い物が増えます。上りは暖かいですよ」

「そうですね、私も行ってきます」

　その時に「雪ん子」が飛んでいましたから、もう冬、いや、雪かなと思いました。天気予報では「冬将軍到来」と言われています。「冬将軍」とは「ナポレオン」の意味だそうですね。北海道、東北は雪という日でした。

ブラッと足の向くまま、気の向くまま

　寒い寒いと言っている間に、いよいよ十二月も間近となりました。

　毎日寒くてストーブも離せない。それこそ「金くい虫」ですね。オー寒い寒い……。

優しい民生児童委員さん

　十二月の最後のおじゃまる広場で、ママさんが子供さんを抱っこされて受付へ行かれま

したので、「代わりに私が抱っこしましょうか?」とお聞きしますと、ママさんはお願いしますと言われ、子供さんはニコニコと笑みを浮かべていました。

良かった、もし泣かれたらどうしようと思いました。その後も抱っこをしていました。ママが来られてバトンタッチをして、また次の方が来られましたので、赤ちゃんを抱っこして相手をしていました。

それから赤ちゃんが寝ている所へ行きますと、クリスマス用の着ぐるみを着た民生委員さんが赤ちゃんを膝《ひざ》に乗せていましたので、私は「可愛いお孫さんですね」と話しますと、「いや、この子は曾孫ですよ」と言って嬉しそうに話してくださいました。

「上野さん、私ね、民生児童委員ですよ。でもね、他の民生委員の方は、広場のネットやおもちゃを出してお茶を飲みながら雑談をしてお帰りになりますが、私は民生児童委員として、最後までお手伝いをさせてもらうつもりです」と親切なお言葉をいただきました。

本当にお世話になり、ありがとうございますとお礼を言いました。親切なお方でした。お片付けの終わりに握手をしてから、私の肩にポンと手を当てて「頑張りや」と言って立ち去られました。嬉しかったです。優しいお方でした。

行事がすんだあと、お食事の時も私と目が合うと、手で合図をしてくれました。

今後の活動を期待しております。

中学校の人権講演会に参加して

演題／性別って二つだけ？～ＬＧＢＴってなんだろう～

講師／一般社団法人ＥＬＬＹ代表理事　山口颯一《しょういち》さん

　ある日、私に近くの中学校より講演会の案内状が届きました。最初はどうしようかなと迷っていました。会長様に相談しますと、会長様ご自身は会議と重なり、聴けないけれど、上野さんは好きなほうに参加してくださいと言われました。

　その日は「きになるサロン」の活動と同じ日でしたが、私は思い切って中学校へ行くことに決めました。

　朝九時の開始でしたから、三十分前に家を出て、民生委員の方と一緒に受付で「おじゃまるから来ました」と言いますと、係の先生が「わかりました。出席の丸をしておきます。どうぞ席にお着きください」と言われました。

　会場は体育館でしたから少し肌寒さを感じました。中へ入りますと小学校児童、五年生と六年生が前の席に着いていていました。

　朝九時より始まり、校長先生の挨拶があり、その後、山口颯一さんを紹介されました。

性の多様性を考える人権講演会のスライドを見せていただきながらの講演でしたが、体育館が広くて聴こえにくかったので、その内容をまとめた記事をそのまま引かせていただきます。

一般社団法人「ELLY」代表理事で、女性から男性に戸籍を変更した山口颯一さん（28）＝伊勢市＝が「性別って二つだけ？〜LGBTってなんだろう〜」をテーマに自分らしく生きる大切さなどを訴えた。

山口さんは女性として生まれたが、物心がついたころから自分は男性だと自覚し、好意を抱く相手も女の子だった。周囲に気付かれないようにしていたが、高校生の時に母親に告白、20歳で性別適合手術を受け、戸籍を男性に変更した。

同じ悩みを抱える友人の死を機に、性の多様性に関する知識を広めようと法人を設立。学校など年間約200カ所で講演活動をしているという。

講演では、LGBTがL（レスビアン＝女性同性愛者）、G（ゲイ＝男性同性愛者）、B（バイセクシュアル＝両性愛者）、T（トランスジェンダー＝心と体の性が一致しない人）の頭文字の総称と説明。「いろいろな色があるように、性もさまざま。男女でなく個性が大切で、みんな違っていて当たり前ということを知ってほしい」と訴えた。

また、子どものころは悩みを打ち明けられずに苦しんだことや、自殺しようとした際に友人に救われたエピソードも紹介。

「話を聞いてあげられる人、クラス、学校になってほしい」と話した。

（毎日新聞2018年10月27日地方版）

中学校の文化発表会

中学校の合唱コンクールと吹奏楽部発表を見せていただきました。

合唱コンクールのテーマは「Let's Sing！～最高の瞬間を～」で、吹奏楽部発表は「二年生と一年生で初めての演奏です。精一杯がんばります」とのことでした。

吹奏楽部は、「Paradise Has No Border」「学園天国」「I'll be there」「HANABI」を上手に演奏されて、会場内、大拍手でした。放課後練習されたのでしょうが、よく頑張られましたね。私も初めて聴かせていただきました。それと有志発表、今話題の「ザ少年倶楽部」に出ているアイドルが踊って歌っているような曲、曲名は忘れましたが、上手に音楽に合わせて踊り、私も聴いたような曲でハミングしておりました。午前の楽しい時間を過ごさせていただきました。まだまだ展示見学もありましたが、お昼の時間になりましたから家へ帰りました。でもあとで思うと、生徒さんたちのいろいろな作品が出ていたようなので、見られなくて残念に思いました。

全校生徒の合唱コンクールは、次のプログラムでした。

一年一組　どこまでも響かせよう
　　　　　課題曲「大切なもの」　自由曲「きみにとどけよう」
一年二組　一人・一人・大きな声を出してがんばる！
　　　　　課題曲「大切なもの」　自由曲「この星に生まれて」
一年三組　今年で一番きれいで大きな声を出す
　　　　　課題曲「大切なもの」　自由曲「変わらないもの」
二年一組　勝ちすぎちゃってキリンがない
　　　　　課題曲「My Own Road」　自由曲「COSMOS」
二年二組　クラス全員で力を合わせ頑張ります
　　　　　課題曲「My Own Road」　自由曲「手紙」
二年三組　課題曲「My Own Road」　自由曲「心の瞳」

三年一組　課題曲「あなたへ」　自由曲「友―旅立ちの時―」
三年二組　With a Smile !!　課題曲「あなたへ」　自由曲「YELL」
三年三組　課題曲「あなたへ」自由曲「道」

最後まで、聴かせていただきました。どの学年もすばらしかった。よく頑張って練習されました。大変だったでしょう。お疲れさまでした。あとは勉学に集中なさってくださいね。

そうそう、私は最後の結果発表も聞かずに帰ってきました。これからも頑張ってください。

私が中学校の講演会に参加してきて、その記事のことを、知り合いにお見せしますと、「アッ、そう。ＬＧＢＴのことでしょう」と言われました。また、これを会長様に、「これ、中学校での記事です」とお話ししますと、そこにいらした男性も話に耳を傾けてくださって、話し合いました。

「この記事はコピーしたものです。ある記者さんの記事です」と言って渡しますと、ありがとうと言って受け取ってくださいました。

私は「ホッ」としました。断られるのかと思いました。やはり参加した甲斐がありました。

会長さん、ありがとうございました。

問題少年の思い出

ある日、私が町を歩いていますと、知り合いによく似た方にお逢いしました。人違いかもしれないと思い、「もしもし、〇〇さんではありませんか?」とお尋ねしますと、あれまあーという声。お互いにお久しぶりですと頭を下げて挨拶をしまして、「長いことお目にかかりませんでした。お元気でしたか? よくお声をかけてくださいました」と言っていただき、立ち話をしました。

その時に「上野さんが書かれた本を三冊、娘が教育委員会へ勤めていますので、皆さんに読んでいただこうと言って持っていきました。ありがとう」と言ってくださいました。「今、娘は青少年の非行など問題行動について頑張っております」と教えてくださいました。「大変ですね」と話し、私も若い頃を思い出しました。

京都のお寺の住職さんが、保護観察所でお仕事をされていて、ある少年をお寺まで連れて来られました。

その時、私に「上野さん、この少年の面倒をしばらく見てほしい。毎朝お弁当を作って持たせてやってほしい」と言われました。

最初は挨拶から始め、言葉遣いなど、まじめになるまで見守ってほしいと言われました。

そこで私は、朝は、「行ってらっしゃい」「頑張ってネ！」と見送り、「行ってきます」と挨拶をさせて行かせました。夜帰ってきたら、「ただいま、帰りました」と頭を下げてくれましたので、お弁当箱を受け取り、「お帰り、お疲れさま」と言ってあげますと、その子は礼儀正しくなりました。

「これからです。頑張りましょう」と励ましました。

このようなことが何日、いや何ヶ月続くのか……と、私自身、不安でしたので、「お互いに頑張りましょう」と励まし合う毎日でした。もし約束を守らなければ少年院へ送られますので、緊張しました。住職さんが、「あの子、頑張って礼儀正しくしていますか？」と聞かれましたので「ご安心ください」と私は言いました。

当地へ来てからも、保護司会の方から、「勉強会がありますから、集会所まで来てください」と誘われ、役員様や民生委員などたくさんお集まりになるところへ参加しました。勉強会では、会長様が最初に挨拶されて、次は福祉の方も挨拶されました。まずはスライドを見せていただきました。男性の若い方二人の話を聞きました。

その男性は、少年時代は不良の仲間に入っていましたが、立ち直って現在このように皆様の前でお話ができるようになりましたということでした。

一度は保護司会の方にお世話になられたのかなぁ、よく立ち直られましたと、感心いたしました。

スライドを見せていただいたあと、何か、ご意見、ご質問ありませんかと言われましたから、半分手を上げようとした時に、後ろの方がどうぞと言われ、「上野です」と名乗って、今のスライドを見て感じたこと、思い出したこと、立ち直られた方の言葉についてお話ししました。

京都にいた時の少年のこと、「立ち直らないと少年院行きよ」と注意をして話し合いを重ねたことを会議の場で話をしました。皆さん頷いておられました。

それから、小学生が登校の時に、私も一緒に学校の近くまで行きました。その時に小学生と話したことなどに触れました。子供さんが家に帰ると、お母さんがお仕事で留守の場合、やはり少し寂しいのではないかと思いますといった話です。

私のつまらない話でお時間をいただきまして申し訳ございませんでしたと頭を下げました。私が小学校へ行かせていただいたおかげで、「おばちゃん、おばちゃん」と顔を合わせた時に話をしてくださるだけで幸せに思います。ありがとう、これからもよろしくねー。

第三章　季節の喜び

節分の恵方巻き

節分の日、買い物に行きますと、二、三人の女性が恵方巻きの話をしていました。一人は「五本買いました」とのこと。私は恵方巻きを買ったことがなく、スーパーで一パックいくらの安い巻きものしか買いません。恵方巻きはどんなものかしらと思い、見に行きますと、私が時々買っている品の三倍の値段でした。アレーッと思い、見るだけにしました。

それより六二・七メートルの巻きずしのことは、びっくりです。名張市の小学校で二月三日、放課後子ども教室「百合小こどもクラブ」の児童や保護者ら、約二三〇人が「長い巻きずし」作りに挑戦し、前年の五三・六五メートルを上回る六二・七メートルの新記録を達成した、というニュースを知りました。

この日は、驚くような市民の成果をたたえようと市が設けた「あれっこわい認定制度」で昨年中に認められた6件の中で、クラブの取り組みが最優秀とされ「年間大賞」も贈られた。

巻ずし作りのため米38キロ、のり350枚、卵焼き48パック、カニかま1200本、インゲン豆5キロなどを用意した。

廊下に長机を並べ子どもらも並んで目の前の机の上で、のりの上に酢飯を広げ、その上に具材を載せ、合図で一斉に巻いた。

計測の結果、新記録と分かると拍手と万歳が起きた。見届けた市の職員が制度創設後、認定第1号だった昨年の記録の更新を宣言。

続けて、「2017年間あれっこわい大賞」の授賞式があり、ガラス製の記念盾を贈った。小学6年の小泉慶多さん（12）は「せーので巻いたり、持ち上げるのが面白い。年間大賞はもらえると思わなかったのでうれしい。今年は六〇メートルはいけると思っていた。もっと長くしたかった」と話した。


（毎日新聞2018年2月4日地方版）


私は、こうしたイベントがあることを知ったのは初めてのことで、小学生もすばらしいことをされたと感心しました。

実演見たかったなぁ……。

街中の花々

買い物の行き帰り、私は今日何歩、歩いたのだろうか？　と思います。少ないと感じると、行く道を「かぎの手状」に、または真っすぐに下ったり上ったりして、いろいろと景色を見ながら歩きます。

テレビや新聞に出ていた皇帝ダリアが二メーメルほどの高さになり、垣根を越えて美しい花が見えたり、また花畑にも咲いていました。また垣根に椿の赤や白、それと小菊も咲いて美しかったです。

また、赤や白、黄色のバラが咲き、いろいろな花を見せていただいて目の保養になりました。

いつの日か「雪ん子」がフワフワと飛んでいました。私が手を差し延べますと、手のひらにとまりました。なんとも言えない気持ちでした。このまま手のひらにいてほしかったのですが、手を動かすと、またフワフワと飛んでいきました。

友達に雪ん子のことを話しますと、「知らない。初めて聞いた」と言われました。

その方は、車を運転していますから、気が付かないのでしょう……。

雪ん子が現れると寒くなり、雪が降るのでしょうね。思っただけでも寒く感じます。

あの街中の花たちはどのように変わるのかな？

どこからか、花のいい香りがしてきました。犬ではないけれど、クンクンと鼻を動かしているると黄梅の花が満開でした。黄梅は田舎を思い出させます。

お正月、十五日の「トンド」の日に「観音様」へお参りに行った時、お正月の挨拶をして、お飾り、お注連縄《しめなわ》を燃やしたあとで、「これ、黄梅の花です」と言っていただいたことがありました。

なんとも言えない良い香りです。瓶に挿して仏様にお供えしました。

いつまでも咲いていてくださいよ、この道を通る皆様を喜ばせてください。

藤と胡麻

五月もアッと言う間に過ぎ去ろうとしています。私も連休中に日帰りで、津島市の「尾張津島藤まつり」に行きました。東洋一と言われる藤棚の見物です。お天気も良く、乗り合わせた方たちと一緒に藤の花を見てきました。見物客が多く、「迷子」になりそうでした。

藤棚は五〇三四平方メートルの広さで、夜は午後九時までライトアップされるそうです。野外ステージもあり、大変な人出でしたが、のんびりと歩いて見てきました。

何か食べましょうかと言って、アイスクリームを食べました。私は以前にも、こんなことがあったように思い出しました。

胡麻《ごま》の由来などが展示してあるテーマパーク、「胡麻の郷」（岐阜県不破郡）にも行きました。

扉の横で「開け胡麻」と言うと扉が開くのですが、今は壊れていると言っていました。私も田舎にいる時に胡麻を作ったことがあり、懐かしく見て回りましたが、たくさんの人で、落ち着いて見る時間はありませんでした。

関ヶ原の合戦跡地に人形で戦いの様子を展示したものがありますが、それは各自で入場券を買って見学するようにと言われ、ゆっくりする間もありませんでした。

とにかく、藤の花は美しかった。ただ、白い花も美しかったが、あと一日過ぎると花も色があせるのではないかと感じました。でも行って良かったな。ゴールデンウイークの、思い出の一日となりました。

楽しかったバス旅行

ある観光農園から「初夏の収穫をする季節が近づきました。今年は少なくなっておりますので、ご連絡ご来園を心よりお待ちしております」という案内のお葉書きが届きました。前に参加した時の名前が残っていたとのこと。さっそく旅行会社に問い合わせますと、バスの座席が空いていますと言われたので申し込みました。その後、観光農園へお世話になりますとお電話いたしました。

また、お楽しみが増えたと心の中でウキウキとしました。

当日は雨模様でしたが、朝七時四十分発のバスで行きました。

淡路島公園、あじさいの谷の約一万株を観賞、あじさいは雨に濡れていきいきとした美しさでした。

次は「鯛おどる館」で試食して買い物をしました。

それから観光農園の入り口で「山まで歩ける人は係の人に続いて来てください。足の悪い方は車に六人乗れます。ピストンしますから」と言われました。

その時に、「上野さん、歩けますか」と、私に気を遣ってくださる方がおられましたが、「大丈夫です。歩きます」と答えますと、「では一緒に歩きましょう」と言ってくださいました。

皆さん親切な方ばかりで嬉しかったです。

初春の味覚、園内食べ放題を楽しみ、お土産を自宅用に買いました。

農園の方からお食事はどこで食べられますかと聞かれましたが、覚えの悪い私は、「エーッと、どこだったっけ」と戸惑いましたら、横にいた方が代わりに答えてくれました。私は、やはり「年だなあー」と思いました。

農園から帰り道は下り坂ですから、楽にバス駐車場まで歩いて帰ってきました。バスに乗り、これからお食事所「ウェスティンホテル淡路へ向かいます」と添乗員さんが言われました。ホテルに着きますと、入り口で手の消毒液をホテル係員にかけていただき、係に従って入ってくださいと言われました。「何名様?」と聞かれ、私は一名と手で合図をして席に案内していただきました。

ウェスティンホテル淡路（オープンキッチンのバイキング昼食）のですから、自分の好きな品を容器に入れて食べました。

容器が少食用ですから、私は二回お代わりしました。他の方は三回、四回とお代わりされていました。皆様のニコニコとした嬉しそうなお顔。お腹が膨れたと言って、手でさすりながら……あの笑顔もう一度見たいなぁ……。でも無理よね。

食事のあとは「淡路ハイウェイオアシス」で明石海峡の眺望を楽しみ、お買い物をして帰ってきました。

皆さん、どれだけ食べられたのか？　帰りのバスの中でも「口」は動いておりました。「これは別腹」とのことでした。

各駅で順番に降り、「お先に。お世話になりました。お疲れさま。お気を付けて。またお逢いしましょう」などと言いながら、皆様お帰りになりました。ぜひまた、お逢いしましょう。皆様の一人一人のお顔を見ますと嬉しそうでした。私も参加させていただいて良かったと思いました。

今回の旅行は参加者が「一つ」になったような優しい方たちでした。本当にお付き合いくださいまして、ありがとうございました。

またお逢いできる日を楽しみにしています。

暑さとの根競べ

毎日毎日暑く、クーラーをつけてテレビを見ながらの生活です。

午後五時過ぎにスーパーまで足の運動のために行きました。

家に帰ると身体中が汗でびっしょりでしたが、少しは落ち着いた気分になりました。

でも、この暑さはいつまで続くのでしょうか。

毎日毎日が暑くて熱中症になりそう、いや、なり始めているかも……。テレビのニュースで、家の中が三十度となった一人暮らしのお年寄りが熱中症になり、救急車で搬送されたが亡くなったとありました。

私もクーラーをつけてテレビを見ながら、落ち着くこともできませんでした。かといって何をするということもなく日が過ぎていきます。熱を測ったり頭に濡れたタオルを巻いたりしていました。スーパーへ買い物に行きますと、台風の話をしている人がいました。

テレビや新聞を見ていますと、西日本の台風で土砂災害があり、暑い中、皆さんご苦労されている。また避難生活をしている方は早く家に帰りたいと話していたのを聞きました。

そのことを思うと私は贅沢かもしれません。台風と大雨に見舞われた地方の皆さんは家も大水につかり、屋根と二階だけが浮いているよう。また、助けを求めていた方たちも無事保護されて良かったなぁー。お気の毒に亡くなられた方もいます。ご冥福をお祈り申し上げます。

台風では、農家の方が野菜を作っているビニールハウスも押しつぶされて、大変なことになっていました。

また、大水ともなれば田んぼにも土砂が入り、大変お困りのことと思います。

私も田舎にいた時のことを思い出していました。現在はおかげさまで高い丘の上で暮らしておりますので安心です。

でも地震が起これば心配です。

ボランティアの皆さん、自衛隊、消防団と警察官の皆様には大変でしょうが、被災地の皆さんのために、お力を貸してあげてください。頑張ってあげてください。お願いします。

早い復興をお祈りしております。

私も自分の身体を案じて、日差しの弱まる午後五時頃に、スーパーへ買い物に行きました。すると、お友達に逢い、「お久しぶり」と話している最中に、もう一人にもお逢いしました。

お元気でしたか、と言いながら熱中症の話になり、私も心配、私も……ということになりました。

「しばらくお逢いできなかったね。次回には元気でお逢いしましょう」と言って別れ、それぞれに買い物をしました。その時、近くの奥様にも声をかけられました。

「もうすぐお盆ですね」

「本当に月日が経つのは早いですね。奥様宅はご主人の初盆でしょうね」

「そうです。遠い所からでもお参りに来られるから大変です」

「ご苦労さまです。お疲れの出ませんように」

としばし、おしゃべり。帰りに「上野さんは、いつもご丁寧にお話ししてくださって本当にありがとう」とおっしゃいました。親切にお話をしてくださるので嬉しかったです。

「上野さんも息子さんと一緒にお墓参りされるのですね。気を付けてね」と言ってくださり、別れました。

暑い暑いと言いながらクーラーをつけてテレビを見ていますが、少しも頭に入らず、「私は今何をしていたのだろうか?」と思うこともありました。その現象のわけのわからないままに、八月に入っていました。「認知症」になったのだろうか……。

老いていくと、子供に返ると言われたことがあります。私はそれなのでしょうか?

ある日、私は息子に「兄ちゃん、兄ちゃん、あんな……」と言いかけて、続きが出てきません。

「そうか、わかった、わかった。またあとでゆっくり聞くからなー」と息子は言ってくれました。

私は何を話そうと思ったのか、あとになってもわからなかったのです。やはり認知症、それとも熱中症? と心配になりました。今思うとバカらしいことです。

頭の中に少し良い知恵の入れ替えをしないとダメなようです。

指の爪をつまんで、赤くならなかったら熱中症とのこと。私も何度も試してみましたが赤くなりました。ひと安心と思いました。

暑い中でも、中学生がクラブを終えて帰ってきます。「お帰り、お疲れさま」と言いますと、笑いながら「ただいま」と挨拶をしてくれます。

そして私が買い物から帰る時に、学生さんに出逢い、お互いに「お帰り」「ただいま」「お疲れさま」と言い合っています。それが挨拶運動の一つと思い、中学生の方に接しています。バスが来ると「気を付けてお帰りください」と、お互いに手を振り合います。

暑い中のクラブ活動、ご苦労さまです。お身体を大切にしてください。

いいなあー、私もその時代に戻り、運動をしたいなあ。「バレーボール」を……。

暑い暑いと言っている間に、ご先祖様のお墓参りをする日が来ました。

朝五時頃に家を出て田舎へ向かったのに、往復それぞれ一時間の渋滞に遭い、私は車の中でイライラして落ち着きませんでした。サービスエリアに入りますと、大型自動車がたくさん止まっていました。

少し休憩をしてからご先祖様と両親のお墓へ。お参りに来ましたよと言いながら、お花とかお水をあげて手を合わせていますと、なんだか涙が出てきました。

息子は、「おじいちゃんに大事にしてもらったね」と言って思い出していました。

父が他界した時、長男は、自家用車でお寺さん宅へ和尚さんを迎えに行き、また帰りは送っていきました。和尚さんも喜んでおられたと話してくれました。

また次男は、お参りに来てくださったお客様の送迎バスを運転して、皆様のお世話をしてくれました。

私は何もできませんでしたが、息子たちが父への最後のおつとめをしてくれました。

私は感謝しております。なんだか昨日のように思い出し、涙が出ました。息子が、「もういいやろ、お母ー、帰ろう。また来ればいいや」と私を慰めてくれました。

私がシーンとしていましたので、サービスエリアへ立ち寄って気分を落ち着かせてから渋滞に遭いながら帰ってきました。

私もひと安心しました。一人では行けないけれど、息子の車に乗せてもらったので楽に行くことができました。家に帰ってやれやれと思いました。

アー、そうそう、帰る途中で空を見上げますと、ヘリコプターが飛んでいました。テレビで見るのと同じように道路の渋滞を中継していたのでしょう。

オリンピックのこと

我が家は、テレビは一台しかありませんから、息子は私に「昼間、好きな番組を見たらいい」と言います。

息子が残業の日に、日本対タイのバレーボールの試合を見ていましたが、途中で寝ていました。

そうそう、バレーボールの試合と言えば、昭和三十九年頃でしょうか、映画館で、東洋の魔女を取り上げた映画を見ました。ナレーターは、宇野重吉さんでした。

私もバレーボールは好きでしたから、見ました。すごく迫力があり、感動した映画でした。今思えば頭に残るように、もっとよく見ておけば良かったと残念に思います。実家では、その当時テレビもなく、ラジオを聴くだけで、落ち着いて聴くことができませんでした。

テレビも電話もなく、その頃は不便でしたが昭和四十五年頃だったと思います。ですから東京で行われたオリンピックは見ていません。結婚してからテレビを見るようになりましたが、それも夜だけです。

長野県の冬季オリンピックと札幌のオリンピックも覚えていません。「ＷＡになっておどろう」という音楽が流れていたように思います。録画だったのかしら……。みな、走馬灯のように流れ去ったように思います。

ニュースを見ていますと車椅子テニスが放映されていました。すごいなあー、よく頑張ってこられたなあーと思いました。

また、車椅子駅伝やバスケットもあったと思いますが、私の勘違いかな。ある知り合いの男性が自動車事故で足を怪我し、車椅子駅伝に参加されたと新聞に名前が出ていましたが……。

もう何十年も前のことですから、現在はどうされているのか？　気になります。今、知るすべもありませんが、お身体を大切にしてほしいと思います。

私が実家にいた頃、神社の境内に鉄棒がありました。近所の女の子が「お姉ちゃん、私ね、大きくなったらオリンピックの選手になるのよ」と言って一生懸命練習をしていました。「そう、頑張ってね。お姉ちゃん応援するからね」と言うと、「嬉しい。約束よ、きっとよ」と言って喜んでいました。でも、それから一度も逢っていませんが、学校で陸上部にでも入って頑張って練習してくれたのかしらね？

何かの選手になってくれたのかしら……。

私にこのように話してくれた女の子の気持ちが今頃になって、懐かしい話題や良い思い出となりました。

お姉ちゃんこと、私は老姿になり、元気で暮らしていますよ……。

人の振り見て我が振り直せ！

この言葉はよく耳にします。ある新聞の投書欄にも出ていました。

私は、ある発表会に参加しました時に、横の方に、「この席空いてますか？」とお聞きしましてから、相手がどうぞ、と言われましたから座りました。また、一人の女性が来られて、私と同じように言われましたので、どうぞと言いました。

ですが、小・中・高校の学生さんが踊られる番になりますと、若いお母さんが何も言わずに座り、踊りが終わるとサッサと外へ出て行きました。「あの態度、なに？」と三人が口を揃えて言いました。若い方はネ……。

私の横に座っておられた方は、「お昼ですので帰ります。ありがとうございました」と挨拶をして、「またお逢いしましょう」と言いながらお帰りになりました。

私もお別れの時には必ず、またお逢いしましょうと言うのです。それが当たり前のことだと思うのですが……どうかな。


私は買い物の行き帰りには、お逢いした方に頭を下げるなり挨拶をするなりしています。

いつどこで、お世話になるやもしれませんから、もし倒れたらと思うと……。これが私の気持ちです。

私が帰ろうとした時に、知り合いに出逢い、「次の会に行かれますか」と話しかけられて、「そうだねぇ、参加しましょうか？」などいろいろと話をして、「私帰りますわ。あなた、たくさん買ってきてね」といった会話をしました。

ある日のこと、近所の方が犬の散歩に行かれる時に、「これからですか？　と私が話しても、犬は何も言ってくれないね」と言うと、ご主人様は笑っておられました。「私もご一緒させていただこうかな」と話しますと、奥様が出て来られて「一緒に行きましょうか」と言われましたが、「ご親切にありがとうございます。でも私は……お邪魔でしょうから」と笑いながら失礼しますと言って別れました。

お逢いした時には、いつでも挨拶をしてくださいます。親切な方です。

また、お向かいのお孫さんが雨上がりに泥遊びをしていましたので、記念として五枚写真を撮って奥様に渡しますと、「良い思い出となります。ありがとうございます。孫に渡してやります」と、言って喜んでくださいました。

あー良かったと思いました。

ある日のこと、空模様が怪しくなってきたと思うと小雨が降りだしましたので、チャイムを鳴らして「お宅、洗濯物が濡れますよ」と言いますと、急いで取り込んでいました。誰だろうと言って、お孫さんが出てきて、「写真のおばちゃんや」と言っていました。間に合って良かったなぁーと思いました。

朝バスに乗られる若い方に、おはようございますと挨拶をして、「気を付けて行ってらっしゃい」と言いますと、行ってきますと言ってバスに乗られました。

このように挨拶するのは気持ちのいいものですね。この方はよく挨拶をしてくれます。

今日は、おじゃまる広場の日で、今日こそは早く行こうと気持ちだけは焦るものの……やはり「のろま」の私です。少し時間に遅れましたので、役員様に「遅くなりました。十月の体育の日に幼稚園の運動会があるのと違いますか?」とお尋ねしますと、「よく言ってくれました。上野さんに半日お願いしようと思っていた」とのこと。「六日はダメですが、もし雨が降ったならば七日に行かせていただきます」と返事をしました。

その日は、津の市役所から子育て支援の方、男性と女性、二人がお見えになっていました。

私が席に着いてから、そのお二人が挨拶をされました。ミーティングが終わって、男の方から「名刺をどなたに渡しましょうか」と尋ねられましたので、会長様にどうぞと答えますと、そうですかと言って名刺交換をされていました。

そこで、親子さんたちが次々といらっしゃいましたので私たちは会場へ入ります。そのおじゃまる広場の様子を見ながら、お二人は役員さん方と話をされていました。私たちボランティアは、子供さんのお世話をして楽しませていただいておりました。今日は、会員様の都合で小学校へ行くこととなり、私が代わりに「ふれあい」の活動に行きますので、少し早めに会場を出て、昼食のお弁当をスーパーまで買いに行きました。

会場に帰りますと、もう後片付けをしていました。遅くなってすみませんと言って後片付けを手伝いました。

役員様に「小学校のふれあいは私が代わりに行きますから」と話しますと、無理しないでねと言ってくださいました。

お昼は、家に帰らず、市民センターのコーヒー店で昼食をとりました。午後一時に小学校で待ち合わせでしたから少し早めに行きましたら、私を待っていてくださいました。小学校の手洗い場の掃除を児童と一緒にしました。廊下も雑巾で拭き、あーこれでよし、と掃除も終わり、児童たちは教室へ入って午後から勉強です。

友達と、「これで終わりですね、お疲れさまでした。ではまた、ご一緒させてください。ありがとうございました」と言って帰りました。

私は児童とお話しするのが楽しみの一つです。嬉しかったです。

私が家に帰り、用事をすませて出かけようと門まで出ますと、児童二人が学校帰りに私の顔を見て、

「おばちゃん、家まで送って送って」と言います。

「ハイ、わかりました」

と言って歩き始めました。

「おばちゃんね、今日学校へ行きましたよ」

「知っているよ、おばちゃん、私見たよ」

「なぜ教えてくれなかったの」

と聞きますと、二人は笑っています。

「お家は近いの？」

「この道を曲がった所です」

「あなたは？」

「同じ家です」

「えっ？」

「二年生と四年生よ」

二人は姉妹でした。楽しい子供さんでした。

「ではまたね、学校でお逢いしましょうね。バイバイ」と言って別れました。

私もお人よしなのかしらねー？

クリスマスいろいろ

十二月二日のある新聞に掲載されていた「クリスマスツリー」の記事、「世界一願い込めて」を引用させていただきます。しかし、今や若い人たちや年配の方は新聞を週三日しか取っていないとお聞きしました。若い人たちはネットを見ています。

市政だよりは手分けして各戸へ配布されております。

○神戸ツリー点灯の記事

神戸港開港150年目を記念し、神戸市中央区のメリケンパークに設置された「世界一のクリスマスツリー」の試験点灯が1日行われた＝写真・川平愛撮影。本番は2～26日。ツリーは富山県氷見市の山中に生えていた樹齢約150年、高さ30メートルを超す針葉樹アスナロ。公募で願いを記した約800枚の反射材をツリーから伸びたワイヤにつるし、色とりどりのライトを当てて神戸港の夜景を飾った。

実行委によると、米ニューヨークのロックフェラーセンター前のツリーより高い。イベント終了後、ツリーの一部を生田神社（神戸市中央区）の鳥居として奉納し、残りは材木として再利用するという。

（毎日新聞2017年12月2日地方版）

クリスマスツリーも、上には上があるものですね。感心いたしました。

○がん・難病患者のためのイルミネーション

がん・難病患者らの全国組織「がんを明るく前向きに語る・金つなぎの会」代表の広野

光子さん（76）が、名張市富貴ヶ丘一の自宅で亡き会員らを悼むイルミネーションを飾っている。来年1月10日までの午後6～9時に点灯する。

乳がんと卵巣がんの闘病中だった1994年、夫が亡くなり、追悼のため、その年の暮れ、庭木一本に電飾を付けたのが始まり。翌年4月、新聞に掲載された広野さんの闘病記を読んだ患者ら23人と会を結成し、現在の会員は約1600人。亡くなった仲間への鎮魂と、難病と闘う人々の安寧を願い、少しずつ電飾を増やしてきた。

24回目の今シーズンは、外壁や植え込みに発光ダイオード（LED）など約一万個の電球が飾られ、天国と現世を結ぶ汽車や星、雪の結晶などをかたどった電飾が赤や青、緑の鮮やかな光を放つ。

先月の点灯式には会員や近所の人らが参加。広野さんは「病気と闘う人を応援する思いが地域に広がるよう、ともし続けたい」と話し、近くの主婦、垂見幸子さん（76）は「いろいろなことが思い出され、胸がいっぱいになった」と見入っていた。

（毎日新聞2017年12月5日地方版）

また、地域の情報誌には次のようなイベントの案内がありました。

○松ぼっくりでツリー、森林公園にお目見え　伊賀市

「大きなまつぼっくりクリスマスツリー」が三重県上野森林公園（伊賀市下友生）にお目見えした。園内で集めた松ぼっくりを使って作られたもので、高さは約2メートル。12月25日（月）まで公園内にあるビジターコテージのテラスに展示している。

同3日にあったツリーの飾り付けには親子連れら約40人が参加。家族4人で来園した伊賀市立西柘植小一年の山本聡介君（6）は「100個ぐらい付けた。上手にできた」とニッコリ。廃材などを使った高さ約5メートルのツリーもあり、同25日まで日没後にライトアップされる。

同公園では「皆さんの力を借りて完成した2つのツリーを見に、ぜひ足を運んでほしい」と呼び掛けている。

同公園では他に、クリスマス星座観察会などのイベントも企画しており、参加者を募集している。

（伊賀タウン情報YOU2017年12月9日付713号6面）

クリスマスとなれば、いろんな所で楽しまれています。

当地でも、クリスマスツリーが飾られていました。六年前だったかな、バスから見ると

明々と灯され、たくさんの人たちが集まっていたことがありました。

二軒の家が向かい合わせで、競争のように色鮮やかにイルミネーションを飾っていたそうです。

それが近所から苦情が出たとかで、取りやめになったとのことでした。やはり団地内では無理だったのではないでしょうかね……。

クリスマスで喜んでいることばかりではありません。ある日、チャイムが鳴り、表へ出てきてくださいとのことでした。門の所で、すみませんと言って男性が話し始めます。

「お宅は近鉄ガスですね。家族は一人ですか。ガスの始末をされていますか」

「いいえ」と答えますと、

「エコキュートご存じですか」

「ハイ」

「エコキュートにされませんか」などといろいろと言われ、

「お断りします」と言えば、

「家族の人は何時頃にお帰りになりますか。土・日はどうです」

「残業で何時に帰るかわかりません」

と言いました。あやしい者ではありませんと言って後ろ向きになり、背中には三菱と書いてあり、私は「どうでもいい。お断りします」と言ったらお帰りになりました。

昼間は、近所でもお年寄りしかいません。

電話では保険の勧誘などがあり、私はすぐ切りました。年の瀬となりますと、いろいろありますね。コワイコワイ。次はどんなことになるのかな？

回覧板には「振り込み詐欺に注意」と書いてありました。


話は変わります。

私は週一回、スーパーへ買い物に行きます。先日、クリスマスとお正月用品がたくさん並べられていました。「ジングルベル」の曲が流れると、中学生時代に英語の先生が「一緒に歌いましょう」と言って教えてくれたことを思い出します。「ジングルベル、ジングルベル、ジングルオーダウェイ（All the way）」？　違ったかな。この曲を口ずさみながら、時にはニヤニヤと笑いながら買い物をするのも楽しいものです。

私って少し変かな。いや、少しどころか、けっこう変かもねーと言って浮かれている私です。これが楽しみの一つです。でも、もう少し頭の回転が良かったら……と、考え込む毎日です。

七十七歳の私って考えることが幼稚なのかしらね。「もう少し頑張れ」と気合いを入れていただけないかな……誰にという、あてもありませんが。

寒い中、買い物の荷物のリュックを背負って、商店街を歩いていますと、二メートルくらいのクリスマスツリーを飾ってあるお店を見て、気持ちが晴れ晴れとしました。もし我が家に孫がいたら、クリスマスツリーを飾って、ケーキにローソクの火を灯し、プレゼントは何をしようかな？　なんて考えることでしょう。

でもこんな「バーバ」では「おことわり」と言われるかな、喜んでもらえないだろうねなどと思いながら歩いていますと、家に着きました。帰ると「ねむりネコ」が待っていました。「ただいま」と声をかけても返事なし……。仕方がありません。置物のネコですから。

三重県も近くでいろいろとクリスマスの催しがあります。伊賀は忍者で有名な所ですが、次の紹介がありました。

○冬のきらめき放つ　ＬＥＤ26万個＆照明１５０基　伊賀・メナード青山

伊賀市霧生のメナード青山リゾートで、冬季バージョンのイルミネーションが始まり、26万個の発光ダイオード（ＬＥＤ）と、１５０基の照明が建物や周辺の森を浮かび上がらせている。観覧無料。

イルミネーションは２００４年から1年を通して行っている。ホテルシャンベール近くの森では、赤や緑、ピンクなどの電飾が木々に施され、噴水のように湧き出る青い光と舞い踊る天使の羽を表す黄色の光が5分ごとに音楽に合わせて輝く。この他、新たに設けられた円すい形のツリーや淡いピンクの星々をイメージした「エトワールローズ」、鮮やかな緑の光に包まれた「エメラルドツリー」などが色とりどりのきらめきを放っている。

冬季バージョンは、来年3月末までの日没～午後10時。

（毎日新聞２０１７年12月14日付地方版）

○まちを元気に手作りイルミネーション　津・美杉町上太郎生地区

名張市に近い津市美杉町の上太郎生地区で、住民が作ったイルミネーションが輝いている。国道３６８号沿いの田んぼに、星やクリスマスツリーを設置。手作り感あふれる演出が施されている。

地元を盛り上げようと、「上太郎生地域の21世紀を考える会」（横川智美代表）が毎年企画。住民所有の田んぼと周辺に、約2万2000個のLED電球を使って設置した。点灯は来年2月末までの午後5時〜午前0時。

（毎日新聞2017年12月14日付地方版）

私は名張市に住んでいても、出歩く、いえ、出向くことがなく、こうして新聞の記事を拝見させてもらっているだけです。これまでとは新聞が変わり、このようなすばらしい写真や記事を見たことがありませんでした。

これからは少しずつ足を延ばして、自分の目で見つけなくてはと思いました。やはり私は田舎者だなーと、しみじみします。

おじゃまる広場のクリスマス会には、場内の飾り付けをして、二メートルくらいのクリスマスツリーが置かれ、華やかな会場となります。ボランティアの皆さんは、サンタさんの赤い帽子とエプロンを身につけて、男性も同じように帽子、エプロンと白ヒゲをつけます。また、男性の一人は、着ぐるみを着て後ろ向きになり、お尻の丸いシッポを振って、子供たちを喜ばせていました。その方は「民生児童委員」でした。

主に「自治会長様」がサンタクロースの衣装を身につけ、ヒゲもつけて、子供たちに接しておられました。前に、サンタさんのヒゲを見て子供さんが泣かれたということで、今回は複数ではなく、一人になったと話を聞いております。

私は、親子が折り紙を折っている間は、小さい子供さんのお相手をして、走り回る子供さんのあとを追って歩いていました。なかなか良い運動をさせていただきました。

折り紙が出来上がったところで、おもちゃの後片付けをしてから、「かがやき」さん（紙芝居や読み聞かせのグループ）のユーモラスなお話と、手品が始まります。さらに、カーテンを閉めて会場を暗くし、「プラネタリウム」にして、いろいろとお話をしてくださいます。皆さんも満足顔で見入っていました。

私は「かがやき」さんの方、「名張市かがやき健康子育て支援室」の方にお久しぶりですと挨拶をしました。お顔を見るなり懐かしい方とわかりました。丁寧なお方で、「また来てくださいよ」と言ってくださいました。

あとはいつもの歌に合わせて手足の運動をして、おしまいです。マットの片付けをして、記念写真を撮って、後ろの部屋で平成二十九年十二月の締め括り、サンドイッチとコーヒーをいただいて帰ってきました。

今日のクリスマス会は、これまで以上に楽しく印象に残ることでしょう……。本当に一年の締め括りの「おじゃまる、クリスマス会」は私の頭の中に残り続けることでしょう、ありがとうございました。

やれやれ、これで、一年の行事が終わったと「ホッ」としました。そうかといって、のんびりもしておれないことばかりいろいろあり、やはり年末ですから、心の落ち着かないようなそんな気持ちです。何かしらが私を待っている……気もします。

おじゃまる広場でお目にかかった、あの一ヶ月半の赤ちゃんの顔。眠いのか、小さなお口を開けて、可愛いかったなあ……。それと大きなお腹を抱えていた妊婦のママさん、上のお子さんを見守りながら、これからますます寒くなりますから大変でしょうが、風邪をひかないように身体を大切にして日々を送ってくださいね。

それと、今日お電話でお話しさせていただいた妊婦さんも身体を大切にしてください。来年三、四月に赤ちゃん誕生とか。安産でありますように、心からお祈りしております。楽しみにしております。三重のおばさんより。

クリスマスが終わるとすぐに、テレビや新聞では、お正月用「松竹梅」の門松が目に入ります。これを見ますと田舎を思い出します。

お宮さんとか公民館、お地蔵さんの前に門松が飾られていました。お正月には、知り合いが一年間の「ねんぎさん」をされていた時にお手伝いに行ったことがあります。お宮さんへお参りに来られて挨拶をされてから、夜十時頃になるとお神酒と年越しそばを出し、十二時を回ると新年のお参りに来られた方に男の人がお神酒を出しました。

女性は台所のお手伝いをして、夜明かしをしましたが、夜は冷え込んで寒かった記憶があります。朝になると、やっとほっこりとして、このお手伝いはもうごめんやと思いました。大変な役目なんだなぁーと思いました。

親切だった友達のご主人が、ねんぎさんをされた時にも、お正月と節分にもお参りしました。挨拶をしてお神酒をいただいてから、おみかんをいただきながら、良い年でありますようにと願い事を手を合わせて心におさめました。

そして、節分の「鰯」を焼いて、火を囲んでご馳走になったのも、今でも覚えています。その時に、友達の奥さんが、「明ちゃん、よくお参りくださいました」と、お礼を言ってくださいました。

丁寧に挨拶をしてくださったことが嬉しかったです。鰯、おいしかったよと言いますと、ありがとうと言ってくれました。

夜は冷え込んで寒さが厳しく感じました。懐かしい思い出です。

これは田舎だからこそできる行事だと思います。もうお逢いすることもないと思うと、なおさら懐かしいです。

今年の初登場「三万円吉兆《けっきょ》」

○八日戎
名張市鍛冶町の蛭子（えびす）神社で、4、5日、「八日戎（えびす）」（7、8日）の参拝者に授ける吉兆（けっきょ）や熊手などの縁起物作りがあり、3250個の準備が整った。

4日は、朝から氏子ら約60人が社務所で作業をした。吉兆は、春一番に芽吹くとされるネコヤナギの枝に大判小判や福俵、タイ、餅花などが飾り付けられ、2000円～3万円の7種類。今年初登場の3万円の吉兆は長さが2メートル以上あり、色とりどりの飾りが手際よく取り付けられると、一足早い春の華やぎに包まれた。

40年前から参加しているという玉川純子さん（82）は「参拝の皆さんに福が訪れるよう、願いながら飾りました」と話した。

宵宮の7日は午後1時半からハマグリ入りのかす汁が先着600人に振る舞われ、同3時半ごろから、七福神の舞が奉納される。

8日は本祭。3人の福娘が両日とも縁起物を手渡す。

（毎日新聞2018年2月6日付地方版）

平成二十一年頃より二回かな、三回かな？　私も、ここへお参りしたのですが、その時は人も多くありませんでした。というのは寒かったから。

私は、京都で一月の十日戎、九日の宵宮と二日間、お参りしました。その時は人、人、人で、歩いていると自然と本殿の前にたどりついたものです。あの時は大変な人出だったなあーと思い出しました。

また、着物姿の可愛い女の子も男の子も、お父さんに肩車をしてもらい、お父さんの頭をしっかりと抱えこむようにしていました。お子さんも笑いながら本殿の前で、手を合わせて頭を下げていました。

あの可愛い表情を思い浮かべると、本当にウットリとします。

後ろ姿も良かったなぁ……　我が家には女の子がおりませんので、私は見とれたのです。

○雑記帳「立春には卵が立つ」

「立春には卵が立つ」。そんな俗説に「いつでも立つ」と科学的に説明した物理学者、中谷宇吉郎（なかやうきちろう）にちなみ、出身地・石川県加賀市の片山津小6年の29人が2日、卵立てに挑戦した。

俗説は戦後すぐ国内外の新聞記事などで流布。中谷は随筆で、卵の表面には微細な凹凸があり、数個の凸点の間に重心が乗るように置けば立つと実証し、話題を呼んだ。

80年前に世界初の雪の結晶を作り「雪博士」とも呼ばれた中谷。卵が立ち歓声を上げる児童の姿に、教諭らは「疑問は自分の目で確かめて。博士の『卵』も生まれるかな」。

（毎日新聞2018年2月3日付大阪版朝刊）

私もさっそく試してみましたが、卵を「冷蔵庫」に入れていましたので、無理だったのかな？　と思いました。次の立春に試してみることに……。いや、来年の話をすると鬼が笑うかもしれません。気の長い話ですよね……。

○しだれ梅　二〇〇本、春の彩り　木の館豊寿庵で見ごろ
伊賀市川北の「木の館豊寿庵」で、しだれ梅が見ごろを迎えた。今月いっぱい楽しめるという。

敷地内の山庭園（約3万平方メートル）の斜面をピンクや白、赤などの8種類約200本が彩る。豊寿庵によると、昨年並みの3月上旬から開花し、暖かい日が続いた先週で一気に咲きそろったという。園内には甘い香りが漂い、大阪府八尾市から訪れた橋本功一さん（67）は「冬枯れの山と咲き誇る梅の花のコントラストに味わいを感じます」と見入っていた。

午前9時～午後5時、火曜定休。高校生以上700円（85歳以上は無料）。

（毎日新聞2018年3月20日付地方版）


しだれ梅の満開美しいだろうなぁー。見に行きたいといっても伊賀まで歩いて……と考えるとためらわれます。行ったこともなく、名張のお隣さんというだけですから、行くのは我慢しましょうか？

スーパーの行き帰りに見る団地内のしだれ梅の花、ピンク色していて美しい。また、もくれんの紫と白の花も咲き始めました。

花見をしながら歩くのも楽しいですよ。心を和ませてくれます。

桜の花も咲き始め、「そろそろ花見」という声を耳にします。次から次と楽しませてくれそうです。楽しい春になりそうです。

著者プロフィール

上野 明子（うえの あきこ）

1940年、京都府生まれ。
二人の男子の母親。
現在は子育て支援のボランティアなど、地域活動で多忙な日々を送る。

著書
『我が生い立ちの記―つれづれに』（2007年、文芸社）
『山あり、谷あり　我が茨の人生』（2009年、文芸社）
『夢をつむいで』（2011年、文芸社）
『根を下ろして生きる』（2014年、文芸社）
『日々なないろ　心の絆』（2016年、文芸社）
『空の向こうへ～感謝の日々、これまでもこれからも』（2018年、文芸社）

いつも笑顔で「こんにちは」

2019年10月15日　初版第１刷発行

著　者　上野 明子
発行者　瓜谷 綱延
発行所　株式会社文芸社
〒160-0022 東京都新宿区新宿1－10－1
電話 03-5369-3060（代表）
03-5369-2299（販売）

印刷所　株式会社フクイン

ISBN978-4-286-19482-0